푸른사상 시선 176

미시령

푸른사상 시선 176

미시령

인쇄 · 2023년 4월 21일 | 발행 · 2023년 4월 28일

지은이 · 김   림
펴낸이 · 한봉숙
펴낸곳 · 푸른사상사

주간 · 맹문재 | 편집 · 지순이, 김수란, 노현정 | 마케팅 · 한정규
등록 · 1999년 7월 8일 제2-2876호
주소 · 경기도 파주시 회동길 337-16(서패동 470-6) 푸른사상사
대표전화 · 031) 955-9111(2) | 팩시밀리 · 031) 955-9114
이메일 · prun21c@hanmail.net
홈페이지 · http://www.prun21c.com

ⓒ 김 림, 2023

ISBN 979-11-308-2027-9   03810
값 12,000원

• 이 책은 한국예술인복지재단 2022년 창작준비금지원사업-창작디딤돌
  의 지원을 받아 발간되었습니다.

푸른사상
시선

176

미시령

김 림 시집

푸른사상
PRUNSASANG

올해에도 어김없이 테이블야자가 꽃을 피웠다
긴 겨울 내내 꾸준히 새 가지를 밀어올리더니
오목눈이 눈동자만큼 작고 노란 꽃망울을 데려왔다.

첫 시집을 내고 12년 만에 두 번째 시집이다.
오래도록 겉돌았다.
봄의 성화가 오랜 게으름을 건드렸나
겨울이 깊었던 만큼 봄을 키우는 지력이 풍요로울 것을
소망한다

2023년 4월
김 림

| 차례 |

■ 시인의 말

제1부

6

제2부

제3부

제4부

제1부

가파른 고갯을 찾아가는 길이었다. 오래전 총적을 감춘 길, 나의 눈동자는 경체를 알 수 없는 허부 속으로 가는 동안 나의

저 마다 게 뭔 가는 고민을 하고 있다. 한 치의 접근도 허락지 않던 도도한 자리. 연신 저 앞

나 많은 기둥들이 장게 앞에서 놓아있을까. 금단의 신을 남긴 이들은 둑이 되어 어깨동무를 '김만, 여기 있더라.' 순조 밤바다에 누워 낮에 두고 온 미사랑을 꺼내어본다.

콩밭 너머

콩밭 매러 간 서방님
오십 년째
그 세월 끌어안은
새댁 머리엔

어느새
무성한 서리

콩밭엔 그저
눈길만 보낼 일이지
그도 아니면 마음만
아예
신 벗고 콩밭 매러 가신 님
오십 년째

울타리 너머
잡초밭

전쟁놀이

옹기종기 모여 앉은 아이들
햇빛 아래
빛나는 사금파리 무기로
전쟁놀이가 한창이다
금단의 선을 범하면
명쾌하게 내려지는 사망 선고
"야, 너 죽었어."
죽었다는 말이 이리도 명랑한 말이었나
머리를 긁적이며 죽은 아이가 웃는다
지나간 것들은 동글동글
모서리가 닳아져 있게 마련
조막만 한 손바닥이 지구를 훑는다

11월

물가에 가지런히
신발 두 짝
이 생(生)의 끝에 남긴
발 없는 말

허공을 건너뛰어 지금
어디만큼 갔을까

가다 뒤돌아보고
다시 멈추어 들여다보는
선연한 꽃신

목백일홍

저것은 마치
죽은 이의,
배배 꼬여 말라비틀어진
길게 자라난 손톱
바싹 마른 잿빛 피부에 핀
어찌 보면 상처
속으로 꾹꾹 눌러 담은
화염 불사르고
채 꺼지지 않은 불의 꽃
뜨거움을 견디고 있다
백 일 동안
쉼 없이 피워올리는 꽃심지
오래전,
초행길 떠난 이 뒷전에서
지치도록 흔드는 손
눈물 말라붙은 고별사.

매미

세상을 운다
고가 아래
새집처럼 웅크린 함석지붕을 이고
세월의 더께만큼 파랗게 녹슨 날개
부지런히 끝나가는 한 생의
짧은 소절
목이 터져라 부르는
필사의 세레나데
이번 생에도 결국
만나지 못한 채
떨어져 내린 흔하디흔한 이파리
필경 목전(目前)이리라

여름이 끝나가고 있다

홍어무침

열여섯 살 겨울 성탄절 전야

주소도 없이

한두 번 엄마 손에 이끌려 갔던 외삼촌 집에

엄마의 부음을 전하러 간다.

구로동 소방서 어디께쯤

야속한 기억은 비슷한 골목길을 펼쳐놓았다.

미로 같은 골목에서 찾아낸 초록 대문 뒤

숨은 그림처럼 굳었던 외삼촌

열여섯 조카가 전하는 부음에 털썩 주저앉았다.

마흔넷 누이의 죽음 앞에

슬픔으로 밥상이 차려졌다.

그래도

산 자는 밥을 먹는다.

네가 오던 날

5월의 첫날
네가 세상에 온 시간은
햇살 초롱한 한낮
네가 오기 전 새벽
기별을 받았다
하늘 가득히 별 쏟아지고
관세음보살의 음성으로 들려오던 이름
제석천
제석천
제석천
너의 이름은 삼문(三聞)이 되었어야 했나
또렷한 기억으로 눈 뜬 새벽
세상은 짙은 안개가 자욱하였다

아버지의 등

딱 한 번 업혔던

아버지의 등을 기억한다

언젠가 삼일빌딩 꼭대기층에서 보았던 그 높이

열 살배기 눈높이엔 너무 아득하여 울었다

장난스레 흔들리던 등

떨어지지 않으려 잔뜩 그러쥔 손바닥엔

진땀 같은 눈물이 배었다

견고하게 직조된 무늬는 절대로 포기할 수 없는 밧줄이었다

툭,

밧줄이 끊어진 날

예고도 없이 끊겨버린 필름 속에서

어둠과 침묵이 교차 상영되었다

쿵!

떨어지는 자막들

읽혀지지 않는 비가 내렸다

지지직 잡음이 타들어가는

오래된 흑백영화 속에서 타고 내려간

시큼한 땀냄새 셔츠가 미끄러웠다

손을 놓치며 그때 보았다

까마득히 높아져버린

다시는

오를 수 없이

자꾸 자꾸 멀어지던 아버지의 등.

놓지 못한 것들

오래된 옷들을 정리하다 눈에 들어온
서로 끝이 묶인 머플러
단단하게 묶인 매듭
풀어줄 용의가 없다는 듯
서로를 움켜쥔 채 완고하다
겨우 풀어낸 자리에 난
꼬깃꼬깃 구겨진 길
꽤나 오래 앙다문 흔적이 선명하다
내 마음속 어느 갈피에도
단단히 꼬여 풀어내지 못한 매듭
놓지 못해 고인 앙금 남았는가

순간의 파닥임

아마존의 맹그로브 숲
수로에 긴장감이 팽팽하다
속이 빈 대궁 위에
겨우 버티고 선 앵무새

바람이 분다
등을 떠미는 냉혹한 시간
물밑엔
커다란 두 눈을 굴리며 입맛 다시는 악어 떼
짙푸른 하늘가엔
바람을 가득 안고 정지 비행하는 부채머리수리

허공으로 몸을 날린 앵무는
이내 물속으로 곤두박질친다
물살 위로 솟구치는
짧은 파닥임

숲

비탈을 오르는 나무가 있다
길목에 걸터앉아
나무는 등뼈가 다 휘었다
굽은 채 지켜낸 산허리
멀리 가지도 못하고 숲을 맴돌았다
두고 온 산을 읽어가노라면
끝이 흐려졌다

엄마는 바다를 팔러 다녔다
잠도 덜 깬 새벽 버스를 타고
중부시장, 큰 대문집 첫 문턱을 넘었다
다라이 가득 바다를 떼어 온 엄마는
숫기 없는 목소리로
멸치며 김이며 꽃새우를
분칠 고운 여인네의 부엌으로 들여놓았다

엄마와 나무가 나란히 눕는다
바다를 팔아버린 엄마와

몸을 비운 나무를
불길이 자꾸만 끌어당긴다
마른 몸을 태우는 불꽃 사이로
열반에 드는 눈물.

참새나무

서쪽으로 하늘 눈자위 붉어질 무렵
골프 연습장 옆 은행나무가 문득
와자지껄해졌다
잎을 내려놓은 빈 가지에
주렁주렁 달리는 열매들
수업을 마치고 종례를 기다리는 아이들처럼
수다 삼매경이다
재잘재잘 쫑알쫑알 와글와글
저마다 물고 온 풍문을 하나씩 내려놓으니 금세
나뭇가지가 잎으로 풍성해졌다

따악~
허공을 가르는 소리에도 멈추지 않는 수다들
저쪽 숲에서는 어제 어린 새 한 마리
매의 발톱을 피하지 못했노라고
어디어디엔 제법 나락들 남은 논이 있더라고
부산하게 챙겨보는 안부들
천적을 피하기엔 이만한 곳이 또 있느냐

까르르 터지는 안도의 숨
밤 이슥해지면 환해지는
저 나무가 은행나무 맞아?

옥선(玉蟬)*

숨 멈춘 입술 사이

고요히

매미 한 마리 깃들었다

먼 길 떠나는 걸음

무겁지 말라고

한 생 접으며 다음 생 다시 오라고

한 몸 벗어나 또 다른 몸으로

무사히 가시라는 기원

생전에 빚진 이라면

오직 나무 한 그루

애원의 한 생애는 속절없이 짧아서

날개 돋은

고작 초이레를 살다 가느니

제 몸 가릴 집 한 채

굳이 필요치 않았겠다

한여름 잘 울다 간다는 매미 곁에

붉은 조문객의 긴 행렬

매미의 마른 몸을 가만히 덮어주는

아침 햇살 위로

한 계절이 끝나가고 있다

한 생애가 저물고 있다

* 옥선 : 주검을 마지막 손질하면서 입을 막아주는 데 쓰던 매미 모양의
  옥.

그곳에만 가면

이상하지?

확실히 그곳은 이상한 곳

그곳에만 가면

기억상실증 환자들이 된단 말이지

저잣거리에서 손이 붓도록 악수하던 기억도

돌아서면 까마득한 옛일이 되고 마는

약속이나 하지 말지

뿌리 내리지 못할 공약만을 남발하여

끝내는 부도수표라니

참 이상도 하지

그곳에만 가면

또렷하던 귀가 어두워지고

눈이 슬며시 닫힌다던가

풍요로운 미래를 점지하는 풍수의 땅

그곳에만 가면

모두가 손을 놓고 뒷짐을 진다네

다, 터 탓인 게야

강물에 갇힌 섬

물살 따라 썩은 모래만 불러 모으는 지형 탓

우리 섬이 되지 못한

나의 섬, 너의 섬

연산군 유배지에서

구름 위에 뜬 섬* 하늘에 닿을 듯 고개를 들고
무어라 말하려다 말을 삼킨다
자맥질에 지쳐 쓰러진 물살
지키지 못한 뽕나무밭에 누에들은 어찌 살다 갔는지
뭍에 오르지 못한 바다는 조바심이 나
섬 언저리를 배회하고
해지개를 밟고 오는 땅거미는
한 잔의 어둠과 비밀스런 지상전을 준비한다
대나무 죽고 난
봄 잔등 위로
언 땅 죽어라 움켜쥔 늙은 손
오래도록 기척 없는 오후
오도 가도 못 하는 가시나무 군락은
슬픈 한 사람을 에워싸고 있네

* 교동도의 옛 지명, 대운도(戴雲島).

제2부

동백의 노래

죽음이 어찌 저리 아름다운가
선홍빛 주검
발자국마다 포개어진 낭자한 피
삼천 궁녀의 치마폭이 예 있구나
미련은 허락되지 않아
슬픔조차 사치인 것을
차마
눈도 못 감은 채
참수형에 처해진
너의 죄명은 미혹
느릿느릿 기지개 켜며 오는
화신(花信)보다 앞선 죄
잘린 머리가 하늘을 본다
다가오다 멈칫
얼어버린 하늘

속도의 수렁

논과 밭이 콘크리트 발밑으로
누운 신도시 8차선 도로를 지날 때였다
따그닥 따그닥
어디선가 들려오던 발굽 소리
빠르게 스치는 자동차 사이에서
어찌할 줄 모르는 고라니 한 마리
겁에 질려 있었다
자력으론 탈출할 수 없는
속도의 수렁에 빠진
흔들리던 눈동자
당황스런 울음소리가
아스팔트 위에서 어지럽게 뒹굴었다
가파른 시선은
아파트 숲 사이로 고립된 야산을 향해 있었다
신기루처럼 흐릿한 길 저편, 무너진 숲
어쩌다 선을 넘은 난무하는 스키드 마크
그날 이후
그 도로를 지날 때면

내내 궁금했던 어린 고라니의 생사

협곡과 협곡 사이 걸쳐진

가파른 외줄처럼

도로 위를 가로지른 야생동물 통행로에

선명하게 다져진 인간의 발자국

무사히 탈출했을까

큐브 속 애처로운 안녕.

잠들지 않는 눈

따스하게 두근거리는 너의 심장
어느 빈방이라도 찾아
비집고 들어갈 수 있기를
시간의 늪 헤치며 간다
차가운 바다가 막으면
마음의 손 꺼내 건네며
백악의 절벽이 가로막으면
외딴섬 뛰어넘으며 간다

너에게 다가가기에는
언제나 한 뼘 부족한 나의 길
땅거미가 삼키기 전에
광화문 너머 하늘 저녁놀로 띄운다
오래오래
잠들지 않는 눈
새벽까지 깨어 있을 것이다

빈틈없이 세워진 차벽

빠져나갈 수 없어도

띄울 것이다

매서운 꽃샘바람 앞에

묶여 있는 저 봄

가슴 깊은 곳에서

활짝 열어 꺼내는

노란 확성기!

희망. 퇴직

캄캄한 하루를 달려 능선에 걸터앉으면
고단한 네가 보였다.
붉어진 눈시울을 감추려
자꾸만 바다 너머로 몸을 숙이던 굽은 등
바다로 가는 전철에 몸을 실으면,
성게의 가시처럼 뾰족한 언어들이 사방에서 몰려든다.
늙은 철로는 종착역을 향해 하루를 실어 나르고
갈아타는 역을 놓쳐버린
출구가 하나뿐인 오래된 역사(驛舍)가 비틀거린다.
잠시 몸을 기댄 하늘과 지평의 짧은 해후
실성한 바람은 모두 바다로 모여들었다.
어둡고 긴 그늘이
웅크린 쪽빛 겨울을 건너간다.
정글 한가운데 사각의 링
아슬아슬 줄을 타는
자고 나면 사라지는 책상들
돌아서면 사람이 치워졌다.
의자는 언제까지고 제자리를 지키고 싶었을 것이다.

희망퇴직서에 끝내 도장을 찍고
먼지처럼 흩어지는 사람들,
하늘로 가는 비상구에는
굳게 자물쇠가 채워지고
나는 20층 허공에 유폐되었다.
비로소 희망에서 해방되었다.

가난 증명서

인터넷 검색 창에 '가난 증명서'를 쳐본다
세상에 많고 많은 증명서 중
가난을 증명하는 일이라니
어릴 적 학교에서 나누어주던 가정환경조사서는
TV, 냉장고, 세탁기, 자동차, 부모 학력,
자가, 전세, 월세, 재산 총액, 저축액
가난의 비밀을 함부로 들춰내곤 하였다
그러나 그건 옛날 아니겠냐고
요즘 세상에 개인정보는 극비 사항
하물며 촘촘한 빈곤을 드러내는 일이라니
임대아파트와 고급아파트로 나누는 또 하나의 계급
아이들의 이마에 현대판 주홍글씨가 새겨진다
세상에 가난하지 않은 것이 어디 있을까
홀로 선 저 나무는 헐벗은 그대로 가난하다
성탄절을 앞두고 가난을 입증하지 못한 일가족은
스스로 퇴거를 택했다
이자지연 명세서
채무이행 통지서

개인회생 안내문

교통통행료 미납고지서

법적예고장

강제집행 착수통지서

그들의 우편함에 남겨진 수북한 빚더미

풍족하게 가난하지 못했으므로

빈곤하게 가난하여

죽음으로써 증명하는 신체포기각서

소리 감옥

봄밤에 듣는 귀뚜라미 울음소리 불쑥
귓가를 파고들었다 문득
지난가을이 서둘러 되돌아왔다
모두
멈춰 섰다
삐이~~~~~~~~~~~~~~~~~~~~~~
수평으로 귓속을 가로지르는 소리
호흡이 멈추는 신호처럼 높낮이를 잃고
귓속에 똬리를 튼다
무심히 지는 꼬리별 하나
세상 어디선가 한 목숨이 지는 거라던
적막을 끌어모아 귓가에 대면
심장은 울컥 동요했다
해안가 외딴집 마당에 들어
파도 소리 차곡차곡 접어들이면
비로소 환해지는 동굴
한 귀로 듣고
한 귀로 흘리기란 마치 도를 닦는 일

중심에선 쉴 새 없이 진자 운동이 일었다

나의 소리는 작은 동굴에 갇혀 잉잉거린다

입 밖으로 내보내지 못한 단어들이

하나둘 모여들어 소리의 무덤을 쌓는다

늙은 밥그릇

찌그러진 양은냄비에 그득한 빗발의 보시
거친 구둣발에 차인 늙은 밥그릇에 잿빛 하늘이 담긴다
제 키를 훌쩍 넘는 박스탑 아래 비를 피하는 저 노인
허둥허둥 어깨가 땅속으로 들어간다
빗줄기가 사납게 등짝을 후려치고 간 다음
퉁퉁 불어 식어빠진 라면 한 그릇
바싹 마른 위장으로 밀어넣는다
한바탕 소나기에 쫓기는 오후
퍼뜩 정신을 챙겨 걸음을 옮겨보지만
정작 걸음보다 먼저 나가는 마음이다
꼬깃꼬깃 비닐로 싼 쪽지 한 장
아들이 떠나가며 적어둔 행적은 여전히 오리무중
알아볼 수 없는 꼬부랑 글자가 어지럽게 번져 있다
한참을 따라가보는 종이 안의 길들
미로처럼 얽혀 있는 저 어딘가에 아들이 살 것이다
손자의 웃음소리가 멀다
건너편 아파트 불빛이 자꾸 흐려진다
이놈의 노안

몇 배는 무거워진 리어카를 겨우 끌고 가며
얼룩진 눈빛을 골목마다 대문마다 걸어둔다
빗물을 튕기며 빠르게 스치는 차창 안의 여자가
가자미눈으로 노인을 할퀸다
여자는 지금 아이를 수거하러 가는 중

소낙비

누가 말 떼를 몰고 가나
일제히 기립하는 흙먼지 알갱이들
물화살이 꽂힌다
흩어지는 개미 떼
혼비백산이다

가시광선 온몸으로 받아낸 엉겅퀴
허리춤이 휘청거린다
부질없는 약속 하나 꼬깃꼬깃 접어
바늘 쌈지처럼 품고 산 한 여인
바람결이 함부로 허리를 움켜쥐면
홀연히 흩어지는 엉겅퀴 꽃씨들
날아오르며
날아오르며
드넓은 영토를 꿈꾼다

시냇물에 뛰어드는 빗줄기
하늘에서 내린 직선의 칼끝 다 버리고

강을 따라 검푸른 바다로 달려가라

흩어진 파도 파시를 이룬다

바다가 되어 비로소

쥐고 있던 고삐를 놓아버린다

소낙비 다녀간 한낮

귀 접힌 푸성귀 몇 두름 굽어보며

부질없는 약속이나마

접힌 가슴을 펴 읽어본다.

분실신고

분실신고가 접수되었다

매일 하나씩 잃어버리는 여인

어제는 익숙한 시장통 길을

오늘은 식구들의 이름을 온 거리에 흘린다

여인이 잃어버린 길은 유실물 보관소로 입고되었다

몇 해째 찾아가지 않는

'그녀'라고 쓰인 이름표 앞에

해마 종업원은 분실 목록을 적어 넣지만

회수된 목록은 없다

어둠 속에 방치된 길을

점자를 더듬듯 손이 기억해낸다

오래된 스웨터에서 올이 풀리고 있다

끝을 놓아버린 실오라기들

끊어질 듯 이어진 길들은 손바닥에 각인되고

타전되는 모스부호처럼 복사된다

미아보호소에서도 찾아주지 못하는 길

꽃 한 송이 받지 못한 채
구정물에 물든 젊음을 조각칼로 기록한다
잃어버린 기억을 찾아 나서는
주름 속에 숨은 여자

찜질방에서

진종일 슬픔의 키를 넘는 벽을 허물자
다시 일어서는 벽 하나
푸른 눈빛에 기대어 잠이 덜 깬 계단을 오른다

카운터를 지키는 여자는
모두를 벗기고 인식표를 하나씩 배당한다
내가 누구인지는 판단 중지다
얼굴 외에 아무런 표식이 존재하지 않는다

신기루 사이로 비로소 형체를 드러내는 흉터들
뒤로는 어떤 속내를 감추었는지
알 수 없는 이력이
물안개 사이를 뭉게뭉게 떠다닌다

젖은 목소리들이 달팽이관을 타고 들어와 길을 잃고
가방의 지퍼가 열리자 들어가는 아이들
유난스럽게 거품을 흘리는 여자의 등 뒤에서

미끄러지는 수다들이 무성하다

옷을 입는다는 것은 세계를 적으로 돌리고 무장하는 것
금목걸이를 목에 걸며 분장 뒤로 얼굴을 감추고
이제부턴 껍데기가 말을 하게 될 것이다
길거리로 풀리는 여자들
문을 나서도 나를 모르는 내가
물끄러미 타인을 바라본다

어떤 본능

새로 산 시집을 꺼내다 말고 멈칫 놀란다
뚝뚝 떨어져 내린 붉은 피
종이의 서슬에 베인 자리
막 물가에서 잡혀 온 물고기가
날카로운 지느러미를 세우듯
복어가 제 몸 터지도록 배를 부풀리듯
종이도
어느 순간 날을 세운다는 걸 몰랐다
사납게 할퀴고 지나간 자리
날카롭게 파고드는 얇디얇은 손톱
반사적 본능이었을까
숲의 고요를 찢으며 달려드는 톱날에
속수무책 허리를 잘린
전생의 기억이 되살아난 것일까
온몸이 산산이 부서지고 짓이겨진 후
종이는
본능으로 방어를 배웠을 것이다
나무의 아우성이 지나간 자리

베인 상처를 들여다보며

나무가 지나온 험난한 길을 생각한다

무턱 시대

운명을 재단해드립니다
매끈하게
시원하게
노년운은 V라인에 맡기세요
대형마트 선전 문구처럼 내걸린 처방
성형외과 이정표는 명쾌하다
불운을 맡기시고 돌아가는 길에
행복을 찾아가시면 됩니다
인생의 순순탄탄 직항로를 안내해드립니다
노년이 길고 지루했을 사람들
덜어낸 턱 조각만큼 행복해졌을까

무엇이든 해결해드립니다
만능 해결사 현판을 내건 흥신소 앞
번화한 중심도시의 문이 피로를 호소한다
퉁퉁 부은 종아리로 하루를 버티는 문(門)
앉고 싶은 발목을 단단히 잡고 있는 저 턱
장벽을 없애주세요

56

휠체어 바퀴에게 비정했던 문턱을 깨뜨려주세요

거침없이 내닫는 생각 금지 시대
턱을 깎아드립니다
오늘도 성업 중인 무(無)턱 시대

저편, 신세계

공항 가는 길
속도를 좇아가듯 빠르게 나누어진
24시대박짬뽕집과
'신세계' 명찰을 단 장례식장이 마주 보고 있다
붉게 충혈된 하루가 무겁게 눕는 사이
절벽보다 가파르게 등 돌리는 불빛들
매운 짬뽕 국숫가락을 목 안으로 밀어 넣으며
무심히 건너다보는 저편,
신세계로 향하는 문은
언제나 열려 있으나

죽은 자들의 식순을 거행하는
낮은 목탁 소리와
흐느끼는 찬송가 소리와
마른 종잇장 소리를 내는 옷깃들
한 번도 가보지 못한 죽음 뒤의 세상을 열고
멀찌감치 배웅을 한다

신세계는 언제나 문 뒤에 있다

목숨을 베듯 빠르게 스치는 경계에서

명암

 길을 세워두고 달리는 버스 안, 어른의 체격을 한 아이가 옆에 와 앉는다 가방을 품 가득 안고 집요하게 창밖을 응시하던 아이의 말투는 암호 같았다 "때낏빨 때낏빨" 알 수 없는 말은 규칙적으로 터지고 차 안의 사람들은 일제히 아이를 향해 뾰족한 시선과 날 선 불만을 던졌다 차 바닥에 앉아 있던 할머니가 아이를 나무랐다 말에서 악취가 났다 아이는 잠시 움칫하다가 다시 해맑게 창밖을 향해 암호를 반복했다

 순조롭지 않은 아이의 말은 깃발 따라 춤을 추었다 아이의 목소리가 징검다리를 건너듯 퐁퐁 터진다 가로수에 매달린 깃발과 인사를 나누는 중 "때낏빨 때낏빨" 한 번 입을 열 때마다 길 밖의 나무들은 고개를 끄덕였다 일정한 보폭으로 '깃발 깃발' 하며 신나게

 버스가 가로수를 하나하나 지나칠 때 아이는 태극기를 향해 손을 흔들었다

반지하

여기도 뺏기면 어디로 가나
막막하여 하늘을 본다
공항을 나는, 하늘을 뺏긴 새들
1분마다 뜨고 내리는 비행기 엔진에
순식간에 한 생애가 빨려든다
공중분해 되어버린 새의 조각난 몸
흔적 없다

지상에도
지하에도
어디에도 편입되지 못한 무소속의 엉거주춤
서지도 앉지도 못한 회색 중간지대에
짧은 햇살이 지난다
기죽어서 욕심내어보는 한 줌 햇살
언젠가는 온전히 품으리라
차곡차곡 접어 넣는 눅눅한 희망

제3부

미시령

    가파른 고립을 찾아가는 길이었다. 오래전 종적을 감춘 길, 나보다 앞선 이들이 태고의 침묵 속으로 가는 동안 나의 눈동자는 정체를 알 수 없는 과녁에 고정되었다. 여전히 산마루는 완강히 금을 그은 채 다가오지 말라고 한다. 얼마나 많은 걸음들이 경계 앞에서 돌아섰을까. 금단의 선을 넘은 이들은 돌이 되어 어깨동무를 하고 있다. 저마다 제 몸 가득 묘비명을 새긴 채.

    '김림, 여기 깃들다.'

    속초 밤바다에 누워 낮에 두고 온 미시령을 꺼내어본다. 한 치의 접근도 허락지 않던 도도한 자태. 연신 차 앞 유리를 훔쳤다. 밀어낼수록 더욱 두꺼워지던 안개, 멀미가 일었다. 바다를 배회하다 극한에서 일어서는 유빙, 미시령은 혹독한 추위 앞에서야 제 높이를 회복한다.

이소(離巢)

계양산 벼랑에 막혀 머뭇거리나
봄소식 배달이 늦은 철거촌 상가
꽃샘바람 깨진 유리창을 힘겹게 넘고 있다.

찢어진 포장지에 떠밀려
사람들은 다 떠나고
깨진 유리들 사이에 둥지 튼
어린 고양이만이 지키고 있다.

나오너라 나오너라
출근길 서두르던 사람들
차마 발길 옮기지 못한 채
고양이 울음을 달랜다.

꽃샘바람 한차례만
기침을 쏟아도 온몸이 흔들리며
삐그덕 내려앉는 골조들
사색이 된 동공 속에
깊이 모를 공포가 들어찬다.

달아오른 솥뚜껑 밟고 선 듯
어쩌지 못하는 어미 사이를
무심한 한 떼의 그림자 지나고
화들짝 놀란 새끼고양이 너머
무너지는 유리 더미를 헤치며
어미 고양이가 다가간다.

문득
건너편 철거 예정지 문가에서
차마 고향을 버릴 수 없어
해바라기하던 할머니
아직 철거할 수 없는 시간이
많이 남았다는 듯
햇살 뜨개질이 한창이다.
깨진 유리 아래 둥지를 튼
고양이 모자(母子) 앞에서
전철역으로 가는 길이 한참이나 멈춰 있다.

행잉 코핀스(Hanging Coffins)*

하늘이 더 가까울 듯 높다랗게 늘어선

서울시청 옆 전광판에

벌써 몇 달째 누에고치 달려 있다

설을 앞두고 다들 고향 가는 길 서두르는데

부산한 거리와 등을 돌린 채

묵념하듯 매달려

북악산에서 몰려오는 찬바람을 견디고 있다

손을 놓으면 멀리

궤도 밖으로 던져질까 두려워

끝끝내 힘주어 잡은 간격이다

메아리를 삼켜버린 에코(Echo) 계곡

온몸으로 말하는 누에고치 두 개

번득이며 돌아가면서 말풍선 쏟아내는

전광판에선 주워들을 것 하나 없다고

맨몸으로 명절을 넘기고 있다

모델들의 미끈한 다리를 닮은

티볼리는 광고판 속을 질주하고

넥타이를 꼭 조인 샐러리맨들 빌딩숲에 쏟아지지만

말풍선 밖에 버려진 거짓들

누구 하나 말하지 않는 겨울

누에고치들은 더욱 높은 데로 올라갈 채비로 분주하다

연기가 피어오르지 않는 굴뚝

식어버린 불씨를 되살려야 한다

수당도 퇴근도 없이 무기한을 견디며

지상의 사람들과 교신이 끊긴 날

보청기를 잃어버린 하느님과

접선 시도 중이다

하느님의 안테나 하나 얻어

전광판이 다 옮기지 못한 말

북악산으로 연방 날리지만

광화문 높은 담벼락 오르지 못하고

떨어져 산산이 부서져버린 약속

널리 나누기 위하여

더 높은 벼랑을 오른다

방송국 송신탑보다 한 발이라도 더 올라가야
솔깃한 소리들 넘어
그리운 사람들에게 닿는 말 지키기 위해
보이지 않는 벼랑을
더 높이 오른다
침낭 속 누에고치 되어
얼음의 세상을 건넌다
거리를 덮은 신문지 넘어
살아 있는 말 한 줄 지키기 위해

아이는 오늘밤도 문소리에 청각을 모을 것이다
두 손에 선물 가득 들린 발소리

* 행잉 코핀스 : 필리핀 사가다에 있는, 시신이 든 관을 절벽에 매달아놓
  는 매장 풍습.

휴전선

개복한 채로

생살 드러낸 채로

정전되어버린 수술실

시뻘건 핏물은

다리 아래로 흘러

반세기가 넘도록 엉기는데

집도의는 어디로 갔느냐

살 속을 파고드는 날카로운 철조망은

이미 어두운 핏줄 속으로

똬리를 틀며 엄습해온다

뱀의 혀처럼 감겨오는 이 불화를

적출해다오

꺼져가는 심지에 불을 댕겨

두 동강난 몸을 봉합할 것

그리고, 이제

누가 나를 이 수술대 위에서

내려다오

월동

저녁놀에 머리를 담그고 있다
입동이 되어도 팔려가지 못한 것들
줄지어 선 채 생각에 잠긴 등 뒤로
다가서는 거대한 그림자
트랙터의 이빨이 목을 타넘으려다 멈춘다
파랗게 질린 배추가
멈추어 선 무르팍을 올려다본다
겨울바람이 넘어가자 채근하지만
차마 넘지 못하고 발만 구르는 바퀴
어찌 타 넘으랴
아버지가 벌컥벌컥 깡소주를 털어넣는다
눈을 질끈 감고
그들 머리 위를 지나갈 때
넘어진 잔해에선 푸른 피가 솟구쳐 올랐다
올해 배추 목숨값 300원
다 내다 팔아도 올겨울 넘기긴 어려운데……
높바람 사이를 건너가는 통행세는 여전히 가혹하겠다
들녘은 맨살을 드러낸 채 무릎을 꿇었다

용케 살아남은 배추 몇 포기

바람의 전횡에도 쓰러지지 않겠다는 듯

푸른 귀를 세우고 있다

아버지 마음 다 안다는 듯

땅속 깊이 발을 묻고 버티고 있다

간, 신장 구합니다

'간 2억 신장 1억 5천 지급

○○○-○○○○-○○○○'

고속도로 휴게소 화장실 벽

아픈 배를 움켜쥐고 들어와

앉은 눈 안에 무심코 박히는 숫자들

하루하루 생계에 숨 막힌 누군가는

복권 당첨 번호라 여겼을 텐가

이미 하나를 내다 판 누군가는

제 몸의 장기들을 세어봤을까

적이 들여다보며 만드신 이를 원망했으리라

고작 한두 개라니

부어버린 간댕이는 이미

유통기한을 넘겨버렸는지 모른다

시퍼런 안개에 싸여 있던 우시장

목에 밧줄 걸린 소들의 커다란 눈망울이 긴 터널 같았다

눈 한 번 길게 감았다 뜨면

어둠은 끝날 것인가

글썽이는 눈꺼풀 같던 주머니에

급전 대신 찔러 넣어진 지폐 두 장

지폐는 유통기한이 없다

박열

나는 적지 한가운데로 가기로 했소

조선 팔도를 뒤덮은 3·1 만세 함성이
그곳까지 닿지를 못하였는가
하여
차디찬 적의 심장 깊숙이 원한의 칼을 꽂아 넣으려
기미년 가을 현해탄을 건넜소
유난히도 시퍼런 물결
동포들이 통한의 아우성으로 건너간 바다

사람으로 태어난 나는
개새끼가 되었소
내 나라를 도륙하는 야만의 무리를 향해
앙칼진 소리로 어둠을 쫓아야 했소
신문 배달, 공장 직공, 우편배달부, 인력거꾼으로
의혈단 동지들과 반제국주의 투쟁을 전개하였소
나는 뻔뻔스러운 조선인
기꺼이 너희의 불령선인이 되리니

폭압에 자유를 빼앗긴 항거에 두려움이란 없었소

오만한 문명은 관동대지진과 함께 무너진 것
천황제를 내세운 미개하고 야만적인 체제는
폭동의 배후로 6천여 명의 무고한 조선인들을 학살하였소
일제의 폭압적 식민지 지배체제에 맞선
우리의 폭탄 테러 거사는 미수에 그치었고
천황가에 위해를 가한 대역죄인으로 법정에 서게 되었소
무모하게 보이는 나의 저항은
불의한 권력의 민낯을 세상 밖으로 끌어내어 만천하에 알
리는 것
나는 피고 아닌 조선민족의 대표로서 법정에 임하였소

일본이 나에게 내어준 단 하나의 호의, 가네코 후미코
나의 동지, 나의 아내여
불친절한 운명은 우리를 더욱 단단하게 이어주었소
감옥에서 이뤄진 우리의 혼인신고는
함께 죽음으로 가자는 서약

나의 아내 후미코는 참으로 당당하였소

홀연히 죽음을 향해 성큼 나아간 후미코, 나의 아내여

슬픔보다 앞서 어쩌면 나는 조금 안도하였을지도 모르겠소

동지였으나 아내인 까닭에

당신이 견뎌야 할 고초가 더 염려되었던 탓이라오

살아서 함께 조선 땅을 밟으리라던 굳은 언약이 스러진 데에는

필시 당신이 용납할 수 없는 치욕이 있었으리라는 것

우리는 기획된 죄인이었으나

피하지 않고 맞섬으로써 일본제국주의를 꾸짖어주었소

조선의 독립을 보기 전까지 22년 2개월을

나는 불발탄으로 견디었소

서서히 잊혀지는 형벌도 감내하였소

터지지 않았으나 언제든 불 댕겨지면

끝내는 폭발하고야 말 도화선으로.

2014년 4월 16일

안개가 유난히도 극성이었지
가지 말라는, 잡고 싶은 암시였을까
배들은 닻을 내린 채 조심스레 숨을 참고 있었어
불행한 예고는 어디에든 있었을 거야
설렘과 기대를 태운 폭죽은 귀를 가렸고
못된 악마의 입김이 안개 속에서 음흉하게 웃고 있었어
어둠이 비껴 앉은 새벽바다
불길한 예감은 배 안을 돌아다녔을 거야
채 피지 못한 꽃송이들을 유린하는 거대한 음모 앞에서도
너무나 착한 너희들은 손을 놓지 않았어
살 수 있다고
살아서 물 밖으로 갈 수 있다고
불안한 목소리를 감추며 애써 토닥였더구나
심연으로 끌려 들어가는 동안
두고 온 엄마, 아빠, 동생을 떠올리며 미안해했어
움직이지 말아라
가만히 있어라
너희를 옥죄었던 악마의 명령

어쩌자고 그리도 착했던 것이냐 너희들은

착하지 말아야 했다

바다를 의심해야 했다

그대로 그곳을 등지고 나와야 했다

울지 말고,

미안해하지 말고,

사랑한다는 말은 돌아와서 꽃처럼 깔깔대며 말해야 했다

수상한 봄날

수상한 바다

서둘러 핀 봄꽃들의 전언을 왜 몰랐을까

한번도 꽃을 가져보지 못한 포세이돈의 횡포는

기어이 너희를 꺾었구나

버릴 수 없는 것을 차마 두고 간 아이들아

아직도 심연의 바다에 붙잡혀 있는 아이들아

너희들은 이제 우리의 기억 세포다

시퍼런 바다를 베고 누운 우리는

칼끝을 밟고 선 심정으로 기억의 날을 세울 것이다

날마다 심장을 도려내는 슬픔의 칼로

통한의 기억을 새길 것이다

캄캄한 바다

캄캄한 눈물 속으로 우리 모두 침몰한

2014년 4월 16일.

광성보에서
― 신미양요 150주기에

150년 전 그날

처절하게 맞서야 했던 최전선의 병사처럼

툭 불거진 마디마디 소나무의 거친 혈맥을 본다.

광성보 숲 사이 깊어진 길 끝에

우뚝 솟아 무거운 하늘과 맞닿은 손돌목 돈대는

여전히 고개를 푹 수그린 채 바다로 향해 있다.

신미년, 그해 여름

양이(攘夷)의 틈입

서툰 손에 쥐어진 창과 구식 총으론

저들의 포화를 막아낼 수 없음을 이미 알지만

나아갔으리라.

물러설 수 없던 마지막 보루

나아가 난분분 산화하였으리라.

애끊는 손돌목은 투신하는 병사들을 끌어안으며 통곡하

였으리라.

꽃들 앞세워 봄이 지고

신미순의총(辛未殉義塚)

이름도 없이 51인의 넋은 일곱 개의 방에 깃들어 있다.

염천에 핀 배롱나무

무덤가에 한 잎 한 잎 붉은 위로가 쌓인다.

도열한 소나무 숲 사이

하늘은 참,

눈치 없이 푸르다.

블랙홀

너는 기다리라고만 했다

나는 의심 없이 기다렸다

망설임 없이 봄을 건너가는 꽃들과

여름을 희롱하는 빗줄기

사정없이 거리로 쏟아져 누운 이파리들의 투신 이후

침묵의 점령하에 놓인 겨울 동안

너는 이 세상 사람이면서

딴 세상 사람이었다

내가 모국어로 이야기할 때

너는 늘 먼 별의 언어로 말하였다

진실 따위는

길을 굴러가는 전단지의 문구보다 비루한 것

너와 나 사이로 생겨버린 블랙홀

세상의 그늘이란 그늘은 다 그곳으로 와 어둠이 되고

세상의 눈물이란 눈물은 다 그곳으로 와

울지도 못하는 가슴속으로 흘렀다

송두리째 빼앗겨버린 웃음들

얼굴은 모두 핏기 없이 백지장이었다

겨우 살아서 버틴 걸음들이
하나둘 광장으로 모여들었다
뚝뚝 뜨거운 촛농이 되어 흘러넘친 눈물은
블랙홀 속으로 하염없이 흐르고 있다

비밀의 바다

유난히도 푸른 아침
출구는 봉쇄되었다
배는 사람들을 가둔 채
천천히
시야에서 사라졌다
비밀의 바다

갈매기는 날마다 소문을 실어나르고
팽목을 지키는 걸음엔 굳은살이 쌓여간다
들려오는 소문에는
세 해 전, 문을 연 물속 학교에서
가끔 불빛 환한 수업종이 울린다고도 하고
여섯 살 아이 혁규가 바닷속 운동장 한켠에서
놀이에 열중한 채 지는 해를 잊는다고도 했다
죽음 건너에서도 마냥 환할 것만 같은 얼굴로

이제 그만 수업 끝종이 울리고
문 닫은 학교를 저벅저벅 걸어나와 집으로 돌아가면

불 꺼진 창마다 환한 웃음 번지고
퇴근하는 아버지의 그림자를 따라온
피자 냄새만으로도 금세 떠들썩해지는 집
눈썹이 하얗게 센 아버지 선잠 속으로
돌아오는 아이

해가 얼굴을 가린 채 울고 가는 팽목에서
진실은 여전히 봉인된 채 수장 중이다

겨울나기

일 년 내내 기다림으로 칼을 갈았다
시린 볼을 내어주며 바람의 거친 날에 온몸을 다 베였다
스스로 뾰족해지는 수밖에
최소한의 나를 남기고 다 주었다
고비를 넘을 때마다 떨어져나간 몸뚱이들
마지막까지 내어주고 싶지 않았던 다짐들
그것들은 대책 없이 날아갔다
훗날 어디선가 만난들 기억할 수 없는 분신들
깡그리 남이 된 희망들
이전에도 이후에도
피붙이같이 떠나지 않을 것만 같은
불길한 동거
궁핍은 오래도록 함께 살았다
종내 기다렸지만 응답은 오지 않았다
불빛 찬란한 자본주의 탑 전광판에 오르면
떨어뜨리려 쉴 새 없이 몰아치는 이른 겨울바람
후들거리는 불빛들 높은 곳에 올라서본다
내려다보는 것이 이리도 서러웠나

발아래 별들이 그저 딴 세상

소박한 웃음이 우리의 요구 사항인 걸

전광판의 뒤편은 유난히도 발 시린 곳

시퍼런 칼날 위에 올라선 듯

온몸이 부들부들 떨리는 사선

돌아가야지

온기 두고 온 저곳으로 가

나도 하나의 따뜻한 불빛이 되어야지

별과 별 사이에 겹쳐지는

그리운 아이 얼굴 보러 가야지.

심장 근처

우체국 계단 앞에서 길은 끝났다
해그림자 누워버린
비스듬한 저녁
아직은 체온이 배어 있을 손편지 대신
표정 없는 활자체를 읽어내리는 뻑뻑한 눈
감정은 사치라는 듯
기계의 부속처럼 움직이고 있다
주소를 잃어버린 우리들의 시대
손편지를 쓰고 우표를 붙이던 풍경은
우정박물관 한귀퉁이에 박제되었다
사랑의 문장을 읽던 계단은
한숨의 층위를 높일 뿐
우체국으로 오르는 계단은 가파르다
계단으로 향하는 미끄러운 과로의 시간
너덜거리는 바퀴는 지친 두 다리에 제 몸을 기대어온다
죽은 시간 곁에서 채근하는 삶
어두운 터널이 너무 깊어 그는
제 몸을 심지 삼았나 보다

심장 근처

움푹 파인 눈물샘 하나

퍼내어도 마르지 않던 그즈음.

바람의 성지

얼기설기 엮은 비닐 천막 사이로 쾌활한
한숨이 안개처럼 삐져나오는 것이 보인다.
그만 지치고 싶을 때
그만 주저앉자고 무겁게 매어달리는
탄식을 애써 털어내는 웃음들.
6월 14일, 해고 농성 146일째
거리의 쪽잠 위에
몇 배수의 무게로 얹혀지는 막막한 생계
겨울을 등에 업은 바람은,
여름 골목을 떠나지 못한 채
후미진 농성장 인도 위를 점령하였다.
차마 떠나지 못하는 서슬 퍼런 바람
쉴 새 없이 천막 안을 기웃거린다.
어쩌면 그 바람은 투쟁의 배후
물러설 수 없는 교두보
쓰러지려는 어깨를 다부지게 일으켜 세우는
그곳은 바람의 성지
철옹성 같은 자본의 이기를

쉼 없이 두드리는 노동의 아픈 가슴이다.

바람아 기어이 그 벽을 허물어라

문자 해고라는 신개념 칼날을

노동자의 목에 들이대는

무례한 21세기 자본의 민낯을 고발하라.

춘궁기

동인천 역사 뒤 시장 한켠 늘어선 집들 상고머리처럼 말
끔하게 헐려도, 골목 끝 전당포 간판 번듯하게 서 있다. 재
개발 뒤편으로 물러앉은 오래된 골목 수북하게 먼지 쌓인
전당포 문전으로 다시 발자국이 이어진다. 돈이 될 만한 것
들은 모조리 꼬깃꼬깃 싸들고 온 어두운 얼굴들 시선은 줄
곧 전당포 주인의 입가에 고정되어 있다. 어린것들을 버릴
수는 없어 결혼식 은반지, 금빛이 바랜 손목시계, 젊은 꿈
을 담은 기타까지 다 내다 맡기며 겨울의 긴 터널을 빠져나
가려는 아버지의 마음이 전당포 불빛에는 남아 있다. 물건
들을 다 버려도 사람만은 버릴 수 없다며, 공친 날 주먹을
불끈 쥐고 전당포 계단을 오르내리는 일용직들의 눈물이
반짝인다. 니 설움 내 설움 한데 엉켜 엎치락뒤치락 싸움이
붙은 시장통 뒷골목. 앙다문 입술에서 배어나온 핏빛 설움
이 비 내린 창가에 눈물인 듯 달라붙어 있다. 저녁나절 아
이들을 불러들인 목소리가 있었다. 목소리가 떠나간 골목,
아이는 골목을 나와 번지 없는 대로에서 제멋대로 뼈가 굵
었다. 밥 짓는 연기는 대형 굴뚝에 삼켜지고 아이들은 다시
돌아오지 않았다. 푸석푸석 먼지가 날리는 골목, 대패질하

듯 가지의 눈을 모두 밀어버린 삭발당하는 골목, 해토머리 끝 오래된 골목은 지금 골다공증을 이기며 일어선다. 골목 끝 전당포에는 긴 겨울을 이기고 봄 언덕으로 올라서는 꿈이 담겨 있다.

제4부

수렁

너무 멀리 왔다
돌아가기엔 이미 지나쳐 온 길이 족쇄가 되어 철컥 발목
을 가둔다
너의 예지몽은 틀렸다고 반박하고 싶었을 아버지

재개발 바람이 분 용산은 해체되었고
원주민들은 서울 변두리로 내몰렸다
효창동 언저리에 벽돌 공장을 연 아버지는
철거 이주민에게 집을 지어 팔자는 제의를 받아들였다

비가 오면 질퍽이는 흙구덩이
장화 없인 못 산다는 동네였다
집을 지어 팔수록 늘어나던 미수금
무릎은 힘없이 꺾이었다
수렁으로 빨려드는 무기력한 발목에 마흔네 살 엄마가 잠
기고
일곱 해를 더 버틴 아버지도
문득 떠나셨다
비로소 수렁에서 풀려나셨다.

미구에

산이 누워 있다.

비양도 인근

무리에서 떨어져 홀로 이동하던

참고래의 주검이 수습되었다.

태어난 지 고작 1년, 어린 몸을 열고

끝없이 발굴되는 것들,

식도를 꿰고 있는 낚싯줄

위장 속을 둥둥 떠다니는 스티로폼 조각.

여린 수염에 엉켜있는 초록색 나일론 끈

작은 몸의 내장을 가득 채운 플라스틱

박제된 새끼 참고래였다.

몇 해 전, 네덜란드 해안

참거두고래 두 마리, 바다를 등지고 누워 있었다.

그들의 사인은 질식사

인간들의 소음에 쫓겨나 낯선 물고기 서대를 삼킨 것이

숨구멍을 막아 일어난 사고였다.

5500만 년 전 육지에서 바다로 돌아간 파키케투스*는 예

감했을까

퇴화된 골반뼈와, 어깨뼈와, 발가락뼈의

멀지 않은 미래.

디딜 땅은 사라지고

인간은 어느 바다로 떠밀려 있을까?

* 파키케투스(Pakicetus) : 약 4,900만 년 전(신생대 고제3기 에오세 초기 이프레시안)의 수륙 두 지역에 서식하고 있던 네 발의 포유동물. 현재 알려진 최고의 원시적 고래류이다. 파키케투스란 '파키스탄의 고래'를 의미한다.

참혹한 시선

어둠에 갇혀 나오지 못했네
그 밤
폭우는 피곤한 우리를 잠재웠네
거칠게 입막음했네
숨을 틀어막는 흙탕물에 비명조차 삼켜야 했네
그리 오래 걸리지 않았던 난타
희망은 우리의 손을 놓아버렸네

사람들이 뒤늦게 와서 우리를 바라보고 있네
의아한 눈빛으로
태어나 처음 본다는 신기한 표정으로
우리의 가난을 질책하는
저 눈초리
우산 아래 밝게 빛나는 구두

우리는 죄인이 아니라네
가난했으나 떳떳한 최선에
누추라는 죄명을 입히네

똥물을 끼얹는 거만이
우리의 죽음을 박제하여 매달았네

가난하여 햇살을 포기하고
지하로 밀려난 설움이
생명을 빼앗기는 형벌로 온다는 걸
미처 몰랐던 도시의 그늘 속
다행인지 불행인지
병든 노모를 남겨두고 온 것
떠밀리는 물살에 휩쓸리며 내내
목젖에 걸리네

폭설

간혀 지낸 마음이 불러냈으리라
깊어가는 가을 한켠에서 모처럼
가볍게 부풀었으리라
어른들이
지금도 기억하고 있다며 오래오래
붙들고 있는 10월의 그 마지막 밤

기우는 10월의 옷자락을 설풋 잡은
즐거웠던 오후가 비극으로 치닫는 동안
실종된 책임을 우리는
어디에서 찾아 누구의 멱살을 잡아야 하는가

벌써부터 인명은 재인(在人)이었다
제 목숨 다 태어날 때
두 주먹 안에 꼭 쥐고 온다고
손바닥 깊이 새겨져 있는 것 아니었나

순서도 없이 황망히

삼도천에 든 이들 발 시려 어이하나

모든 비겁을 덮어버리려는 듯

비정하게 눈이 내린다

차갑게 쌓이는 설(雪), 설(設), 설(說)

이 겨울

덮을 것이 많아서 폭설이 잦다

구름의 서사

처음부터 이렇게 우울한 낯빛은 아니었다
정처가 허락되지 않는 까닭에 작정 없이 서성였을 뿐
대개 노선은 비슷한 길이었다
이제 막 태어난 어린 안개구름이 햇살 사이로 해사하게
웃는다
모를 것이다
얼마나 험난한 여정이 펼쳐질지
면사포를 쓰고 새털처럼 가볍게 양 떼를 따라간 이도
성긴 비늘을 털어내는 두툼한 잿빛 눈썹의 사내 앞에선
난색을 표했을 것이다
천둥과 벼락을 만나면
생면부지의 남이라도 왈칵 껴안고
부둥켜안은 채 거세게 저항했으리라
한 몸이 되었다 한들 영원할 수는 없으므로
흩어졌다 모이고 반복되는 이합집산
이별에 익숙해져야 한다
예고 없는 비극은 언제나 모서리를 세우고
한바탕 수직으로 휘몰아친다

출산을 앞둔 바다사자처럼 무거워져 눕는 구름
빗물 가득한 만삭의 배를 어루만지며
낮은 곳으로 미끄러진다

이제 쉴 때가 되었다

벽

너는 깨진 유리잔 속으로 떠났다
유리의 파편을 씹어 먹으며
혀는 더욱 단단해지고 차가워졌다
'끝'이라고 말하고
다시는 열리지 않던 입술
단단하고 매몰찬 쇠창살에 갇힌 몸
이후로는 누구에게도 속을 보이지 않겠다는 듯
닫혀버린 문

끝이라는 말 앞에는
무릎 꿇은 누군가가 있다
차마 놓지 못한 인연의 한 끝에서
날줄과 씨줄은 파열된 구멍을 피해 제멋대로 휩쓸린다
남겨진 자의 눈에서 검은 비가 내린다
납득할 수 있는 문장 하나 남겨두지 못한
꽃다발이 곤두박질친다
달려가던 발끝을 막아서는 완고한 거부

세상이 문득 아득한 저승이다

단칼에 쳐낸 단면에선 숨조차 쉬어지지 않는다
불시에 잘린 허리 밖의 세상을 건너다보는
청천벽력
칼날에 베인 혀는
왈칵 소스라친다
벽과 끝은 이음동의어
끝이라는 말 뒤에는
두드려도 두드려도
흔들리지 않는 벽이 있다

우리가 바닥이다

50년 전,
견고한 어둠에 저항하여 한 몸 불살랐던 그때로부터
반세기가 지나도록 어둠은 더욱 촘촘해지고
자본이 방치한 세상의 막다른 골목에선
하루에 일곱 명씩
한 해 2020명의 목숨이 죽음 속으로 떠밀렸다
끝나지 않은 어둠
소통이 없는 세상에서
죽음이 비로소 언어가 되는 세상
사악한 자본은 죽음을 먹고 몸뚱이를 키운다
평범한 행복을 꿈꾸던 자
그조차 꿈을 꾼 죄로 죽어야 하는가
안전을 보장받지 못하는 노동의 25시
뫼비우스의 띠처럼 하루의 시작과 끝이 모호한
분류되지 않은 택배물처럼 널브러진 휴식
퉁퉁 부은 눈으로 열리지 않은 새벽
살얼음판 노동의 현장으로 발을 디뎌야 한다

누가 계급을 나누는가

우리는 모두 바닥이다

바닥을 딛지 않고 오르는 계단은 없다

노동의 등짝을 즈려밟고 오르는 자본이여

땀 냄새 나는 노동 없이 그대 존재할 리 없다

바닥은 무너지지 않는다

야만의 발길질은 결코 우리를 이길 수 없다

만신창이 몸을 질질 끌고서라도 기어코 가야 하는 저기

쓰러지는 모든 것은 바닥을 딛고 일어선다

결

한 자 한 자 짚어가며 읽는 속독
엉킨 머리칼 빗질하듯 숨 고르며 한바탕
젖은 땅에 투영되는 빗살무늬는
사이사이 누구의 마음을 읽어낸 것인지
기억의 갈피마다 날카로운 손톱자국들 남았다
시들시들 들판을 걸어간 발자국
고인 상처마다 마음 얹어두었다
산 정상에 배를 대고 구름이 운다
목숨은 일방으로만 치달아
소리를 가두었다
적막 한가운데 고요를 틀고
밖을 듣는다
추적추적
소리들 곁으로 빗줄기 다가서고

미행(微行)

갈퀴바람이 스크럼을 짜고
골목으로 내닫는다
행인의 옷자락을 일일이 들추어내는
그 많던 비둘기들 떠나버리고
납작 엎드린 그늘만 남았다
태양을 독식하며 점점 더 가랑이를 벌리는
빌딩의 그림자
봄은 가까이 오지도 못한 채 발이 묶이었다
가난한 걸음은 늘 꿈을 꾸었다
그늘을 벗어나 높게 나는 꿈
배밀이로 오르는 산동네
죽은 가로등만큼 길은 멀고
자고 나면 키가 자라는 담장이
사람을 가두는 동네에선
벽만 있을 뿐 창문은 보이지 않는다
고요를 밟고 온 발소리는 검푸른 빛
옷깃을 세운 칼바람을 딛고
도시의 한복판을 활보 중이다

초콜릿국

낯선 거리를 배회하다 늦은 밤

허기를 달랠 양으로 두리번거리던 골목

간신히 불빛 흘려보내던 허름한 밥집 앞에 가 멎는다.

막 문을 닫으려던 여자는 주저하며 손을 들이고

주문도 없이 선짓국을 내왔다.

큼큼한 냄새가 났다.

오래 묵은 맛

돌보지 않은 냄새가 무방비의 후각을 치고 들어왔다.

어둡고 긴 하루의 끄트머리에 걸터앉아

채워나가는 빈속

아홉 살에 홍역을 앓고

열 살 무렵 장티푸스를 앓아

마른 수수깡처럼 볼품없던 아이

고기가 지나간 국물조차 입에 대지 않던 고집은

터무니없는 엄마의 꼬드김에 말강말강 선짓덩이를 삼켰다.

초콜릿 같은 혹은 푸딩 같은

말랑말랑한 핏덩이를 잘도 먹었다.

어떻게 선지가 초콜릿이 될 수 있나

비슷하지도 않은 초콜릿국이라니.

마른버짐 같은 밤의 갈피를 털어내며
여자가 배추 더미로 들어간다.
내일은 그저 해결해야 할 또 하나의 연명
배추 잎사귀를 갉아먹는 데 온 생(生)이 기운 푸른 벌레처
럼 직진
발을 내딛는다.

가을 오기 전, 여름

봄에 온 이가 겨울에 떠났다

여름에 온 이는 꽃 피는 봄을 골라 떠났다

꽉 찬 사계절을 두루 살펴보고 나서야

길 떠날 이유가 생겼을까

하나의 원을 완성하듯

계절의 한 끝과 다른 끝을 이어 화관처럼 얹고

한 방향으로 바쁘게 가버렸다

살아있노라며 띄엄띄엄 소식을 전해오던 벗에게

마침 생일 축하인사를 띄워 보냈다

묵묵부답

모르는 사람인 듯 문전박대당한 인사는 지금

어디 먼 곳을 배회하는지

네가 있는 세상과

내가 있는 세상은 얼마나 먼 것이냐

우리가 지상에서 나눌 소식은 더 이상 없을 것인가

큰물에 잘려 나간 길 앞인 듯 망연해졌다

길 끊어진 물가에서 여름이 지났다

이쪽과 저쪽

공간을 나누듯 내리꽂히는 비가 오고

아침이 서늘해졌다

가을에 온 나는

가을의 단초를 들고 여름 꽁무니를 좇아갈까

오래전 소식이 끊어진 벗은

낯선 얼굴로 조문을 오고

누구였더라 기억 더듬으며 나는

영정 속에서 시간의 회로를 돌릴거나

이름과 얼굴을 번갈아보며

갈래머리 소녀를 불러와선…… 그래 너였구나 하며

주름진 손을 스쳐 잡을거나

언제 한번 밥이나 먹자더니.

황사주의보

봄날의 기습 작전은 성공적이었다
너는 장기 포석을 위해 깔아둔 속임수
태양을 막아선 바리케이드
그리 새삼스러울 것도 없지
사계절을 점령해버린 후
위풍당당 기세등등
만장처럼 옷자락 휘휘 날리며
너는 온다
누더기를 걸친 훼방꾼
사람들은 애써 너를 피하고
눈조차 마주치려고 하지 않아
눈 둘 곳 없는 너는 난폭해져서
함부로 쏘다니기 시작하지
사람들끼리 마주 보는 걸 참을 수 없어
날카로운 핏발을 좀 더 촘촘하게 짜
매복은 일상이 된다
고비사막을 홀로 걸어올 때
지독한 외로움은 피부처럼

주름의 골짜기마다 단단하게 달라붙었겠지
흙비로 와서
고랑에 스며 땅심을 키우던
아리땁던 이름은 어느새 오명이 되고
사람들은 저마다 막막한 섬이 되었다
서로의 간격에 경계를 세워둔 채
멀리 지워져버렸다

여전히 먼

태양은 머리 꼭대기에 있고

그림자는 발밑으로 숨어든 여름 한낮

1번과 2번 사이 계단을 오르내린다

온통 땀으로 미끄러운 오후

제물포역 남광장 방향으로 오라던 J

역내에는 1번 출구 2번 출구만 있을 뿐

어디에도 남광장으로 가는 이정표는 보이지 않는다

모국어로도 소통이 되지 않는 한 시간의 엇갈림은 결국

미로에서 멈추었다

20년째 깃들어 사는 깊은 골짜기

부평초처럼 겉도는

여전히 타향

연안부두에서 버스를 타면 구불구불 두 시간이 넘어 빈정

내에 닿았다

내려놓고 툴툴툴 사라지는 미로 버스

중구의 동북쪽에는 서구가

서구의 아래쪽에는 동구가

중구난방 펼쳐놓은 지도 위에서

아득히 방향을 잃는다

꿈의 무게

밤은
질끈 눈 감은 낮이 꾸는 꿈
잠들지 못하는 통증들이
정처 없이 몸의 구석구석
후미진 탐색을 벌이는.
살아남으려 쉴 새 없이 조아린 목과
접힌 책갈피처럼 굽혔다 펴기를 반복하느라
너덜해진 허리
잠시도 무게를 놓을 수 없었던 손목과
터질 듯한 하루를 지탱하느라 부어버린 발목
통증은 순환열차처럼 돌아다녔다
닿을 수 없는 꿈의 등허리까지
파도를 밀어내는 모래톱처럼
아침은 밤의 끄트머리까지 쫓겨다녔다
창가의 그늘에서 조금씩 자라난 소문은
어느새 문손잡이에 매달려 문턱을 넘었다
세상의 색깔을 다 지운 무채색의 비가
4월의 하루로 흘러넘친다

작심 없이

너무 많은 말을 방목하였다
더러는 가두고 매만져서 내어놓아야 할 것을
뾰족뾰족 가시가 돋힌 채로
사납게 모서리 드러낸 채로 풀어놓았다
저것들
함부로 설치다가 행여
고운 마음들 생채기 낼라
설익은 것들
독기 빠지지 않은 것들
삶고 데치고 덖어 내어놓을 것을
날것 그대로
순한 것들 마음 아릴까

특권의 시와 의무의 시

최종천

시에는 기본적인 원리가 있는데 그것은 시를 쓸 때도, 읽을 때도 언어 감각을 통하여 한다는 것이다. 그런데 이것이 의외로 쉽지가 않다. 대부분의 시인들이 정서를 시에 표출하는 것을 보면 그렇다. 언어 감각이란 작품에서는 기호가 된다. 기호란 감각적인 것이고 물질적인 것이다. 기호의 대표적인 예가 교통신호등이다. 감각하고 지각하는 모든 것을 기호라고 할 수가 있다. 사랑하는 사람을 만날 때 나도 모르게 지어 보이는 웃음은 기호이다. 문자에 충실하다 보면 언어의 감각을 놓치는 경우가 있다. 정서라고 하는 것은 상대적인 것이다. 정서는 감정도 아니고 사유도 아니다. 어느 시인이 꽃을 보고 아름답다고 하는 경우에, 다른 시인은 전혀 아름답지 않다고 할 수가 있는 것이다. 정서는 물질적이지 않고 감각적이지 않기 때문이다. 김림 시인의 시는 감성이나 정서보다는 자신이 경험한 그 사실을 위주로 하여 진술되는 경우가 많다.

사실주의로서 리얼리즘은 다른 작품에 비하여 우월성을 가지고 있다. 사실과 사물은 다른 것이다. 마음은 그냥 사물이지만, 몸을 이용하여 그 마음을 행동으로 표현할 때라야 마음은 사실이 되는데, 사실이 되어야만 타인과 공유될 수가 있게 되는 것이다. 사물이 사실이 되면 그것은 형식을 가진 것이고 이제 논리의 대상이 된다는 것이다. 살인범을 확정하는 경우에 있어서 심증으로는 하지 않는다. 어디까지나 물증이 있어야 하는 것이다. 여기서 심증이 정서이고 물증이 사실이다. 우리는 사실을 통하여 진실을 알 수가 있다. 우리 인간은 사실이 아닌 것을 인정하지 않고 다만 참고한다. 인간의 삶이란 형식을 공유하는 것이다. 우리가 컵으로 물을 마실 때 그 컵은 형식이고 물을 따라 마시는 것은 그 컵의 내용이다. 인간은 이렇게 논리적인 존재이며 사실주의(寫實主義)로서, 리얼리즘은 이러한 인간의 본질과 관련되어 있기 때문에, 리얼리즘은 일종의 우선권을 가진다고 보아지는 것이다. 시를 쓴다는 것은 마음을 쓰는 일이다. 어떤 시에 정서만 유출되어 있다면, 그 시에 형식이 있다고 보기는 어려운 것이다.

시인이 우리의 삶을 장난이 아닌 긴장된 순간순간의 연속으로 보고 있는 배경에는 앞에 말한 것이 깔려 있다. 장난일지라도 전쟁은 전쟁이다. 장난은 놀이다. 인간은 놀이하는 존재이다. 인간의 모든 행위는 놀이이다. 일하기부터 전쟁까지 놀이 아닌 것이 없다. 전쟁을 두고 이렇게 냉정하게 생각하고 보면 섬뜩함이 느껴질 것이다. 그 섬뜩함을 어린이들의 「전쟁놀이」를 통하여 냉정한 태도로 묘사하고 있다.

> 옹기종기 모여 앉은 아이들
> 햇빛 아래
> 빛나는 사금파리 무기로
> 전쟁놀이가 한창이다
> 금단의 선을 범하면
> 명쾌하게 내려지는 사망 선고
> "야, 너 죽었어."
> 죽었다는 말이 이리도 명랑한 말이었나
> 머리를 긁적이며 죽은 아이가 웃는다
> 지나간 것들은 동글동글
> 모서리가 닳아져 있게 마련
> 조막만 한 손바닥이 지구를 훑는다
>
> —「전쟁놀이」 전문

이 시에서 시인이 분명히 하고자 하는 것은 전쟁도 일종의 놀이라는 것이다. 전쟁놀이라는 표현에 어린이들이 하는 전쟁놀이가 아니라 실제의 전쟁을 생각하고 있는 것이다. "조막만 한 손이 지구를 훑는다". 사자나 호랑이는 새끼일 때에 장난 놀이를 하면서 싸움을 연습한다. 인간도 그렇다 "죽었다는 말이 이리도 명랑한 말이었나"에 물음표나 느낌표가 없다는 것은,

시인이 대상에 대하여 냉소하고 있음을 보이는 것이다. 이런 시는 시인이 직접 경험한 것이다. 그러나 「콩밭 너머」 같은 시는 직접 경험하지 않고도 가능한 경험이다. 머리에 무성한 서리는 마지막에 울타리 너머 잡초밭으로 다시 등장하여 시간의 경과를 장소를 통하여 진술하고 있다. 콩밭이 잡초밭이 되기까지의 과정에 있는 것은 시간이다. 시간이라는 것은 인간이 저항할 수가 없는 것이다. 이 시의 주제는 인생인가? 시간인가? 시는 시간론과 인생론으로 어중간한 태도를 취하고 있다. 작품 「매미」는 「콩밭 너머」보다는 분명하게 인생론이 되고 있다. 이 시가 매미라고 하는 미물에 집중했다면 인생론이 되지는 않았을 것이다. 우리 문단의 최대다수가 인생론을 시로 쓰고 있는데, 시에서 인생론이란 취미와 교양의 차원에 있는 것이지 시가 아니다. 대부분 처음 쓰는 시는 교양과 취미의 차원으로 시작한다. 그러나 시 쓰기를 계속하면서도 그 차원을 탈피하지 못한다면 시를 쓸 자격은 없는 것이다. 인생론적인 시들은 대부분 깨달음이나 득도, 초월, 달관 등의 교훈적인 주제를 가지는데, 이것은 문학의 보수주의이다. 득도나 달관, 깨달음을 통하여 인생의 문제가 해결되는 것이 아니라 그대로 남기 때문이다. 그런 것을 말하는 것에는 현실 도피이거나 현실 합리화, 자기 합리화의 논리가 깔려 있다. 세상에 태어난다고 하는 것은 생명권 전체에 대해서는 필연이지만, 자신의 개별적인 인생에 대해서는 100퍼센트 우연이다. 1분만 다른 시간에 태어났어도 당신은 다른 사람일 것이다. 누구도 태어나고 싶어서 태어나는 사람은 없다. 태어남과는 다르게 죽음은 필연적이다. 다른 존재들도 죽는다. 그들에게는 죽음이라는 개념이 없다. 그러나 인간만은 죽음이라는 개념을 가지고 있다. 따라서 인간은 반드시 죽는 존재인 것이다.

시인은 시인으로서 특권을 가지고 있다. 지상의 보편적 가치에 반하는 일을 저지른 사람을 위해서 변명할 수가 있는 것이다. 그 사람이 저지른 역사적 과오는 개별적인 사건이다. 그러나 그 사람이 그런 일을 저지른 배경에는 우리가 동의할 만한 보편적인 무엇이 있다. 아리스토텔레스가 『시학』에서 말한 바 그대로 역사가는 개별적인 사실을 말하고 시인은 보편적인 개연적 사실을 말하기 때문에 시는 역사보다 더 철학적이고 더 중요한 가치를 지니는 것이다. 「연산군 유배지에서」에서 시인은 연산군을 "슬픈 한 사람"이라고 표현하고 있다. 이 시의 8행까지는 연산군 시대를 상징적으로 처리한 듯한 표현들이 나오고 있고, 다음에 "대나무 죽고 난/봄 잔등 위로"라는 구절은 그 시대가 이미 지나간 역사의 과정임을 말한다. 그러니 이제 연산군에 대하여 시인으로서 이렇게 말할 수 있을 것이다. "슬픈 한 사람"이라고 말이다. 이것은 중요한 것이다, 현재의 시점에서 과거를 돌아보는 것은 미래를 예비하는 것이다. 그러기 위해서는 연산군을 보는 굳어진 관점과는 다르게 보아야 하고 그것은 곧 역사에 대한 반성이다.

「참새나무」는 관찰시의 좋은 보기이다. 시에서 참새는 "주렁주렁 달리는 열매"가 되었다가 "종례를 기다리는 아이들"이 되었다가 '풍성한 잎'으로 표현되기도 한다. 겨울에 나뭇잎들이 메말라 둥글게 말리면 언뜻 가지에 앉아 있는 참새처럼 보이기도 한다. 그런 잎들이 바람에 굴러가면 땅을 걸어가는 참새처럼 보이기도 한다. 시인은 혹시 그 잎을 참새로 착각한 것은 아닐까, 싶은 시다. 그것도 아니면, 어디서 친구들끼리 모여 시간 모르고 수다를 떨어보고 싶은 마음의 표현인가? 시인이 제목을 「참새나무」로 해놓고서는 끝에 가서는 은행나무가 맞느냐고 하여 해보는 말이다.

인간이 써야 하는 증명서 중에는 「가난 증명서」도 있다. 이 시에서 와닿는 표현이 "홀로 선 저 나무는 헐벗은 그대로 가난하다"일 것인데, '그대로 풍요롭다'고 해도 마찬가지이다. 여기서 가난과 풍요는 반대말이 아니라 비슷한 말이 된다. 우리의 관념에 대응되는 객관적 상관물은 우리의 관념이 그 상관물을 직접 지시할 수 있다는 그 인식 때문에 그러한 것이다. 시를 쓰는 일이 이런 인식 때문에 용이하게 된다. 성탄절을 앞두고 스스로 지상을 등진 한 가족을 다루고 있는 이 시는 실존은 본질에 앞선다는 것을 설득력 있게 표현하고 있다. 이 시도 사회적 이슈를 다룬 다른 많은 시편들처럼 구체적인 객관적 상관물을 풍요롭게 거느리고 있는데, 시인의 관찰력이 좋다는 증거이리라. 그런데 재미있는 것은, 이런 시가 앞의 「매미」나 「콩밭 너머」와 비교하여 상당히 냉정한 태도를 취하고 있다는 것이다.

이유는 「가난 증명서」가 다루는 주제가 공적인 것이고, 「매미」
나 「콩밭 너머」에서 다루는 주제가 개인적인 것이기 때문이다.
김림 시인의 시에는 공적인 사건을 다루고 있는 시편들이 많
지만, 개인의 사사로운 정서를 풀어놓은 시는 드물다. 「희망.
퇴직」은 희망에 목숨 걸고 바쁘게 쫓기며 살다가 그 희망에서
해방되었다고 표현하여 희망의 본질이 무엇인지를 생각해보
자고 제안하고 있다.

　우리는 일반적으로 종이라는 사물에 본능이 있다고 생각할
무엇이 없을 것이다. 그러나 시인의 「어떤 본능」을 읽어보면
생각이 달라질 것이다. 물리적으로 따져보면 실제로 종이에
손가락을 베이는 경우가 있을 수 있다. 늘상 물건을 만져서 피
부가 거친 사람의 손가락은 종이에 베일 일이 없을 것이다. 글
쎄, 얼마나 일을 안 했으면 그러겠냐고? 이렇게 읽을 수도 있
겠다. 그런데 중요한 것은 그 종이의 날카로움을 그 시집의 예
리한 내용과 관련시켜 시를 썼다면 더 좋지 않을까? 하는 것이
다. 그러나 시인은 시보다는 나무에 대한 사랑이 더 큰 것이다.
시인이 생산하는 시보다 그것을 가능하게 하는 나무에 대한
사랑은 어쩌면 시인에게 특권을 넘어 하나의 의무인지도 모를
일이다. 시인이 가장 생태주의적인 사람이라고 한다. 인간은
나무가 있는 곳에서만 살 수가 있다. 식물이 광합성을 하기 때
문에 모든 일이 가능하다. 시에서 가장 훌륭한 시들은 바로 앞
에서 말한 특권과 지금 말하는 의무를 잘 수행하는 시편들일

것이다. 나무는 인간의 입장에서 가장 부러운 존재가 아닐까?

「11월」은 배짱 있게 쓴 시인데 앞뒤의 배경을 생략하고 막연하게 이미지만을 제시하여 큰 울림을 주고 있다. 이렇게 써진 시들은 짧은 시편들이다. 「휴전선」은 분단의 현실을 다루고 있는데, 배를 열어놓은 채 정전된 수술실로 비유되고 있다.

"살 속을 파고드는 날카로운 철조망은/이미 어두운 핏줄 속으로/똬리를 틀며 엄습해 온다"고 하여 남과 북이 같은 피를 지닌 동족임을 말하고 있다. 이 시에서 정전의 상태는 이데올로기에 갇힌 남북 백성들의 정신 상태를 표현하고 있다. 그것은 시인의 의도와는 별개로 시 전체의 구조로부터 오는 것이다. 그러한 이데올로기의 감염 상태는 집도의의 칼로는 치유 가능하지만, 철조망으로는 치유가 가능하지 않다. "꺼져가는 심지에 불을 당겨"는 우리는 통일에 대하여 관심을 가지고 통일을 통하여 두 동강 난 허리를 이어야 한다는 뜻이겠다.

「2014년 4월 16일」은 세월호 참사를 다루고 있어서 그런지 리듬부터가 숨 가쁘게 흘러간다. 이 시는 참사이니만큼 객관적 상황에 충실하고 있다. 객관적이라는 것은 누구나 동의하고 동의할 수밖에 없는 것이다. 따라서 시인이 투자한 그만큼 감동은 적다. 익숙한 것이기 때문이다. 세월호가 인천항을 출발하여 사고가 난 이후까지를 진술하고 있는데, 희생된 청년들에게 "착하지 말아야 했다", "바다를 의심해야 했다"고 하는 표현은 청년들이 그만한 이성은 지니고 있다는 것을 전제하고

있는 표현이다. 「비밀의 바다」도 세월호에 대한 시편인데 많이
다르다. 감동이 있다.

> 이제 그만 수업 끝종이 울리고
> 문 닫은 학교를 저벅저벅 걸어나와 집으로 돌아가면
> 불 꺼진 창마다 환한 웃음 번지고
> 퇴근하는 아버지의 그림자를 따라온
> 피자 냄새만으로도 금세 떠들썩해지는 집
> 눈썹이 하얗게 센 아버지 선잠 속으로
> 돌아오는 아이
>
> —「비밀의 바다」 부분

　살아생전에 아이들도 이런 행복한 한때가 있었을 것이다. 물
속에서도 학교를 다닐 수 있다면, 그러나 그 아이들은 죽은 것
이다. 「2014년 4월 16일」보다 「비밀의 바다」가 더 감동적인 이
유는 자기의 주관적인 진술이기 때문이다. 이 때문에 개성을
지니고 있다는 것이다. 그런데 시인이 시에서 그리고 있는 상
황이 전혀 불가능한 것은 아니다. 배가 뒤집혀서 급속으로 바
다에 잠기면 에어포켓이 형성되는데 그 안에서는 사람이 한동
안은 살 수가 있다고 한다. 지금도 어느 엄마는 자식의 영정 사
진을 가슴에 안고 자식이 쓰던 방을 그대로 보존하면서, 죽은
것이 아니라 바닷속 용궁에서 살고 있다는 말을 하고 있을 것
이다. 그러나 세월호는 물을 토해내면서 장기간에 걸쳐 잠겼
다. 에어포켓은 형성될 수가 없다. 청년들을 구할 시간과 수단

을 가지고 있으면서도 구하지 않은 사건이다. 세월호 참사를 다룬 시는 많이 써졌다. 아도르노는 대전 이후에도 시가 쓰여질 수 있는가? 하고 물었는데, 세월호는 대한민국에 2차 세계대전 같은 사건이었다. 세월호를 다룬 시들이 많이 써졌다는 것은 우리의 마음에 그만한 여유가 있다는 것일까?

시인은 시집의 마지막에 재미있는 시를 첨부해놓고 있다.

> 너무 많은 말을 방목하였다
> 더러는 가두고 매만져서 내어놓아야 할 것을
> 뾰족뾰족 가시가 돋힌 채로
> 사납게 모서리 드러낸 채로 풀어놓았다
> 저것들
> 함부로 설치다가 행여
> 고운 마음들 생채기 낼라
> 설익은 것들
> 독기 빠지지 않은 것들
> 삶고 데치고 덖어 내어놓을 것을
> 날것 그대로
> 순한 것들 마음 아릴까
>
> —「작심 없이」 전문

이 시 「작심 없이」를 도대체 왜 첨부해놓은 것인가, 하는 의문이 생긴다. "작심 없이" 가 아니라, 작심하고 첨부한 것 같다. 어쩌면 겸손의 표현이겠으나 진지한 장난이라고 해도 좋을 것이다. 아니면 시에 대하여 자신감이 없는 것이거나. 그러나 가장 시적인 경우는 진지한 장난일 경우이다. 이 시를 마지막에 첨부해놓은 이유는 시인만이 알 것이다. 이 시집을 처음부터 읽어본 독자는 상당히 긴 호흡의 시편들이 많다는 것을 알 것이다. 그런 시편들은 끈질긴 관찰과 성찰의 결과물이지만, 어찌 되었든 시라고 하는 것이 언어 경제를 핵심으로 하고 있다는 것을 생각하면 "너무 많은 말을 방목하였다"는 것은 사실이다. 글을 전문으로 쓰는 사람들 사이에 글이 갖추어야 하는 미덕은 다음과 같이 제시되어 있다.

1. 언어를 아낄 것
2. 날카롭고 예리할 것
3. 단순하고 우아할 것

이 세 가지의 미덕을 갖추기 위해서는 시인은 냉정해야 한다. 냉정하지 못하다는 것은 대상과의 거리를 확보하지 못했다는 것이 된다. 그러나 대상과의 거리를 확보한 경우에도 시인은 언어를 가지고 놀 수가 있다. 이 시집에서 호흡이 긴 시들은 아주 역사적이고 구체적인 사건을 다루는 시들이다. 「2014년 4월 16일」이나 「박열」「행잉 코핀스(Hanging Coffins)」등의 시편들이다. 이런 시편들이 긴 호흡인데도 길이가 짧은 행이 많고 리듬이 빠르게 흘러가는 이유는 시인이 그만큼 그러한 사건들에 대하여 분개하고 있다는 증거이리라. 우리가 실제의 상황 안에서는 어떤 사건에 대하여 냉정한 태도를 하게 되면 침묵하게 되는 경우가 많다. 침묵하는 태도보다는 적극적인 관심을 보이는 태도가 바람직할 것이다. 「미시령 1」은 아름다운 시편이다. 처음부터 끝까지 팽팽한 긴장감이 유지되고 있다.

가파른 고립을 찾아가는 길이었다. 오래전 종적을 감춘 길,
나보다 앞선 이들이 태고의 침묵 속으로 가는 동안 나의 눈동
자는 정체를 알 수 없는 과녁에 고정되었다. 여전히 산마루는
완강히 금을 그은 채 다가오지 말라고 한다. 얼마나 많은 걸음
들이 경계 앞에서 돌아섰을까. 금단의 선을 넘은 이들은 돌이
되어 어깨동무를 하고 있다. 저마다 제 몸 가득 묘비명을 새긴
채.

'김림, 여기 깃들다.'

속초 밤바다에 누워 낮에 두고 온 미시령을 꺼내어본다. 한
치의 접근도 허락지 않던 도도한 자태. 연신 차 앞 유리를 훔쳤
다. 밀어낼수록 더욱 두꺼워지던 안개, 멀미가 일었다. 바다를
배회하다 극한에서 일어서는 유빙, 미시령은 혹독한 추위 앞에
서야 제 높이를 회복한다.

　　　　　　　　　　　　　　　　　　　—「미시령」 전문

아마도 많은 시인들은 비발디의 〈사계〉라는 음악을 들어보
았을 것이다. 그 음악에서 가장 잘된 악장이 겨울의 1악장인
Allegro non molto이다. 이 악장은 처음부터 끊어서 연주하는 긴
장의 연속이다가 중간에 잠깐의 이완기가 있는데, 주 바이올
린이 쉬는 동안 주위의 악기들이 낮은 소리로 끊어서 치는 연
주를 한다. 이 이완기가 시에서는 '김림, 여기 깃들다.'에 해당

할 것이다. 그 앞의 연은 그야말로 음악처럼 휘몰아치는 리듬이다. 사계에서는 처음에 바이올린의 현을 긁지 않고 터치하는 식으로 연주하는데 그 리듬을 연상하게 한다. 시에서의 단호함이 음악에서는 끊어서 연주하는 것으로 표현된다.

"정체를 알 수 없는 과녁에 고정되었다. 여전히 산마루는 완강히 금을 그은 채 다가오지 말라고 한다." 뒤이어 묘비들을 보여주고는 갑자기 '김립, 여기 깃들다.'가 오는 것이다. 세 번째의 연도 음악의 리듬을 연상하게 한다.

"멀미가 일었다. 바다를 배회하다 극한에서 일어서는 유빙," 이 구절은 바다의 유빙과 자신을 동일시하고 있다. 시는 처음부터 끝까지 단호한 어조가 유지되고 있는데. 〈사계〉에서 겨울의 차가움을 표현하기 위해 고음을 사용하는 것과 같아 보이는 것이다. 봄, 여름은 중역대의 음이 사용되지만 가을, 겨울에는 고음이 두드러진다. 이 시는 이러한 숨 가쁜 전개를 보이다가 이렇게 준엄하게 끝이 나고 있다. "미시령은 혹독한 추위 앞에서야 제 높이를 회복한다." 비발디의 〈사계〉에서 막바지에 이르러서는 순간 중저음이 되면서 묵직하고 단호하게 끝이 나고 있는데 미시령도 그렇게 끝이 나고 있는 것이다. 이런 표현은 그냥 얻어지는 것이 아니리라. 인생의 비참과 허무를 경험한 끝에 올 수 있는 표현이 되고 있는 것이다.

「미시령」은, 또 추사 선생의 〈세한도〉와 닮았다. 〈세한도〉에는 『논어』의 「자한」편에 있는 글귀가 있다. "한겨울 추운 날씨가 되어서야 소나무 측백나무가 시들지 않음을 비로소 알 수 있다"와, "미시령은 혹독한 추위 앞에서야 제 높이를 회복한다"는 크게 다른 것이 없어 보인다. 「미시령」의 기본 모티프는 지구의 온난화로 인하여 덩어리가 녹아 떨어진 유빙이다. 유빙은 바다를 떠도는데, 그러한 것을 아직 확실한 인생관이나 가치관 세계관을 가지지 못하고 방황하는 자신과 동일시하고 있는 데서 시가 출발하고 있는 것이다. 그리고 이것은 추사 김정희, 안토니오 비발디의 입장과 동일하다. 여기 이 세 편의 작품 「미시령」, 비발디의 〈사계〉, 추사의 〈세한도〉는 공히 자연을 찬양하고 칭송하는 작품들이다.

자연에 대한 찬양은 우리의 옛 한시(漢詩)에서는 흔한 것으로, 인간의 한계적 상황을, 자연을 부러워하여 칭송함으로써, 스스로를 위로하고, 달관이나 초월, 깨달음, 득도를 말하여 교훈으로 삼는다. 이것은 문학의 보수이다. 왜냐하면 득도하고 깨달아 달관하여 인생의 문제, 인류의 문제가 해결되는 것이 아니라, 그대로 남기 때문이다. 그러니까 이 세 작품은 작가 개인에게도, 인류 전체에게도 적용되는 것이다. 지구 온난화의 주범은 인간이다. 지구 온난화란 지구의 생태계가 파괴되는 것이고, 그것은 인간에게 재앙으로 돌아온다. 앞으로 인간의 개체수는 급격하게 줄어들 것이다. 이렇게 인류에게 혹독한 시련이 있고 나서야 후에 비로소, 지구의 온난화는 중지되고 제 모습을 찾을 것이다. 그때 인류도 제 본래의 모습을 하게 될 것이다. 이렇게 나, 개인에게 인류에게 혹독한 시련이 있어야 하는 것이지, 무슨 득도나 깨달음이나 달관을 통하여 되는 것이 아니다.

시를 읽으며 놀라는 것은 사회적 사건을 다루는 시편들이 많다는 것이다. 나는 여성 시인이 이렇게 사회적 문제를 많이 다루는 경우를 보지 못했다. 「폭설」은 최근에 일어난 이태원 참사를 다루고 있는데, 이 시도 애도의 마음으로부터 시작되고 있다. 「미구에」는 생태 위기를 다루고 있다. "인간은 어느 바다로 떠밀려 있을까?" 하고 묻고 있는데 바다에는 제주도 만큼이나 큰 쓰레기 섬이 떠다니고 있다. 미구에 인간이 그런 꼴을 당하리라는 것이다. 지구의 생태계는 먹이사슬로 되어 있다. 땅속의 미생물—미생물을 먹는 식물(식물의 광합성)—식물을 먹는 초식동물—초식동물을 먹는 육식동물—모든 것을 먹는 잡식동물 인간. 먹이사슬은 에너지의 이동 경로이고, 에너지를 순환시키는 시스템이다. 먹이사슬은 배열된 것이고 해체시에는 배열의 역순으로 된다. 인간이 그 첫 번째 대상이 된다. 이 진화의 질서에서 인간이 마지막으로 나타났다는 것은 어쩌면 인간은 다른 존재, 동물이나 식물, 미생물 등에 비하여 가장 덜 필요한, 상대적으로만 필요한 존재라는 의미일 것이다. 그 상대적이라는 것은 지구 생태계의 균형이고, 균형이 있으면 아름답다. 자연의 진화도 아름다움을 고려한 것이다. 인간은 이러한 의미를 살펴야 하는 의무를 지고 있는 존재라는 것이다. 생태 위기는 곧 인간의 소멸로 이어지게 되어 있다. 이런 시를 쓰기는 의외로 만만치가 않은데도 불구하고 시인은 누구나 동의할 수 있는 상식적인 수준에서 말하고 있다. 생태 위기는 갈수록 고조될 것이다. 2023년 2월 15일 오늘 뉴스에서는 "이태원 희생자 서울 광장서 추모"…… 서울시 "반드시 철거"라는 기사의 헤드라인이 읽힌다. 그러니까 이 나라 대한민국에서는 앞으로도 이런 사건이 계속되지 않으리라는 보장은 없는 것이다. 이런 사건을 다루는 경우에도 특권이 있다. 이 특권은 시인의 것이 아니라 시 그 자체의 것, 즉 표현의 자유이다. 시인은 「폭설」에서 "실종된 책임을 우리는/어디에서 찾아 누구의 멱살을 잡아야 하는가"라고 하고 있지만, 기실은 잡아야 하는가의 문제가 아니라 잡아야 하는 문제이다. 누구의 멱살을 잡아야 하는지는 우리 국민, 모두가 알고 있다.

崔鐘天 | 시인